Analyse de l'œuvre

Par Cassandra Gibbons

Normal People

Sally Rooney

lePetitLittéraire.fr

Analyse de l'œuvre

Par Cassandra Gibbons

Normal People

Sally Rooney

lePetitLittéraire.fr

Rendez-vous sur lepetitlitteraire.fr et découvrez :

Plus de 1200 analyses
Claires et synthétiques
Téléchargeables en 30 secondes
À imprimer chez soi

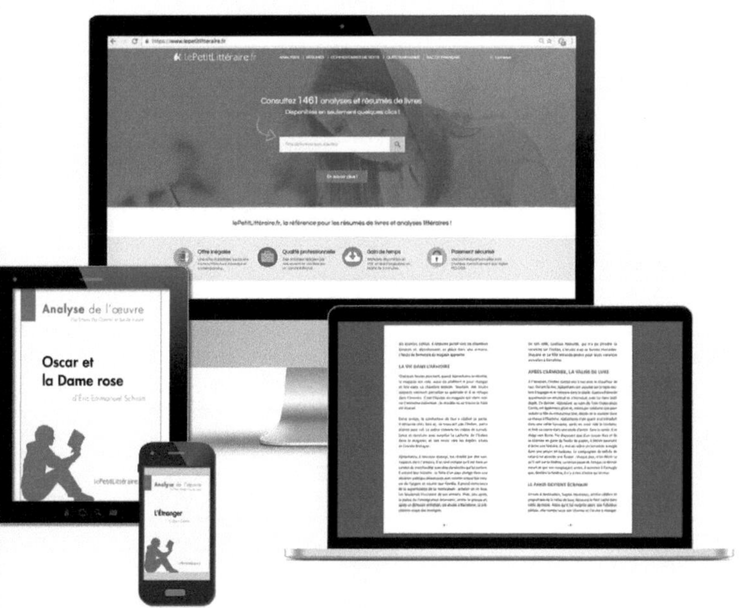

SALLY ROONEY

ROMANCIER IRLANDAIS

- **Né à Castlebar en 1991.**
- **Travaux notables :**
  - *Mr Salary* (2016), nouvelle
  - *Conversations avec des amis* (2017), roman
  - *Normal People* (2018), roman

Sally Rooney est une romancière irlandaise née à Castlebar, dans le comté de Mayo, en 1991. Elle a grandi avec deux frères et sœurs et a déménagé à Dublin pour étudier l'anglais au Trinity College, où elle a été élue boursière et a participé à des débats ; elle a ensuite participé aux championnats européens de débats universitaires en 2013. Après son diplôme de premier cycle en anglais, elle a obtenu un master en littérature américaine. Elle vit actuellement à Dublin.

Rooney a écrit son premier roman, *Conversations avec des amis*, tout en terminant son master. Après une vente aux enchères pour les droits de publication, ce premier roman a été publié en 2017 et nommé pour une foule de prix. Le roman a été bien accueilli par la critique et Rooney elle-même a été saluée comme un ajout remarquable au canon irlandais moderne, étant surnommée la « Salinger pour la génération Snapchat » par son éditeur chez Faber & Faber. La même année, sa nouvelle, *Mr Salary,* a été nominée pour le Sunday Times EFG Private Bank Short Story Awards.

NORMAL PEOPLE

UN ROMAN À DOUBLE PERSPECTIF

- **Genre :** fiction moderne
- **Édition de référence :** Rooney, S. (2018) *Normal People*. Londres : Faber & Faber.
- **1ère édition :** 2018
- **Thèmes :** classe, relations, société irlandaise, violence domestique, enseignement universitaire

Normal People raconte l'histoire de Connell et Marianne, deux étudiants (qui passent du lycée à l'université au cours du Roman) qui entretiennent une relation amoureuse intermittente. Ce roman était la suite très attendue du premier ouvrage de Rooney, *Conversations avec des amis, qui avait* été adoré par la critique. *Normal people* a confirmé le statut d'écrivain de premier ordre de Rooney et lui a valu des récompenses telles que le titre de « roman irlandais de l'année » aux Irish Book Awards et celui de « meilleur roman de l'année » aux Costa Book Awards. Le roman a également été nommé « livre de l'année Waterstones » et a été sélectionné pour le prix Man Booker 2018.

Normal people est écrit à la troisième personne et alterne entre les points de vue des deux personnages. Les chapitres sont datés et répartis de façon sporadique sur le calendrier scolaire des personnages, avec des intervalles qui durent généralement de quelques semaines à quelques mois (bien que certains soient beaucoup plus courts). Le roman alterne entre l'utilisation du présent (lorsqu'il décrit les événements de la date du chapitre éponyme) et du passé, dans lequel le lecteur est rattrapé par les événements des périodes qui se situent entre les chapitres datés.

RÉSUMÉ

LE LYCÉE

Marianne et Connell fréquentent le même lycée à Carricklea, mais ils n'interagissent pas à l'école. Les seules fois où ils se parlent, c'est lorsque Connell va chercher sa mère, Lorraine, chez Marianne, où Lorraine travaille comme femme de ménage. Marianne est une solitaire au lycée, et la plupart des gens la considèrent comme bizarre et peu sociable. Le contraste est frappant avec Connell, qui est populaire, bien que calme, et une star de l'équipe de football de l'école. Néanmoins, il se sent attiré par Marianne, et leurs conversations sur leur professeur d'économie (qui flirte de façon inappropriée avec Connell) et sur la littérature aboutissent à un baiser et au début d'une relation secrète.

Connell stipule que la relation doit rester secrète car il craint les dommages qu'une relation avec Marianne pourrait causer à sa réputation. Marianne accepte et promet de ne rien dire à personne, mais elle commence à en vouloir à cet arrangement. Elle évoque le comportement tyrannique de ses amis à son égard et, bien que Connell se sente coupable, il ne fait rien pour la défendre et continue à cacher leurs relations. Malgré la peur d'être découvert, Connell est à l'aise dans sa relation avec Marianne. Il n'hésite pas à avoir des relations sexuelles avec elle parce qu'il sait qu'elle ne dira rien à personne de leur intimité partagée, chose que ses précédentes petites amies ont révélée publiquement. Marianne s'inscrit pour étudier l'histoire et la politique au Trinity College, à Dublin, et encourage Connell à s'y inscrire en anglais, ce qu'il fait.

Marianne est propulsée dans le cercle social de Connell lorsqu'elle est élue membre du comité de collecte de fonds pour les Debs (un bal scolaire). Elle et Connell assistent à un événement de collecte de fonds où Marianne est traitée avec gentillesse par certains de ses amis, comme Karen, et moins par d'autres, comme Rachel (qui veut être la petite amie de Connell). Marianne se fait peloter par Pat, qui fréquentait le lycée en même temps qu'Alan, le frère de Marianne, et certains amis de Connell, dont Rachel, se moquent d'elle. Connell trouve le courage de demander à Rachel « Est-ce que tu veux bien aller te faire foutre ? » (p. 41). (p. 41) et raccompagne Marianne chez elle. Marianne passe la nuit chez Connell, qui lui dit qu'il l'aime pour la première fois.

Malgré les sentiments de Connell pour Marianne, il demande à Rachel d'aller chez les Debs par souci de sa réputation et de l'angoisse que lui cause sa double vie. Marianne abandonne l'école et prépare ses examens de façon indépendante à la maison. Connell et Rachel sont incompatibles et leur relation est de courte durée. Malgré leurs chagrins d'amour respectifs, Connell et Marianne réussissent leurs examens de fin d'année et se préparent à partir à l'université dans la capitale. Eric, l'un des amis de Connell, lui dit que tout le monde était au courant de sa relation avec Marianne et que personne ne s'en souciait. Connell est dévastée en réalisant qu'il a gâché sa relation avec Marianne pour rien.

« Tu crois qu'on ne sait pas que tu la montais ? », a-t-il dit [Eric]. Bien sûr, tout le monde le sait… C'était probablement la chose la plus horrible qu'Eric a pu lui dire [Connell], non pas parce qu'elle mettait fin à sa vie, mais parce qu'elle ne le faisait pas. Il savait alors que le secret pour lequel il avait sacrifié son propre bonheur et celui d'une autre personne avait été insignifiant tout du long, et sans valeur. » (p. 77)

UNIVERSITÉ

Connell et Marianne se rencontrent par hasard lors d'une fête étudiante à Dublin et découvrent qu'ils ont changé de place dans l'échelle sociale. Marianne est populaire, à un petit ami et est considérée comme cool et attirante par beaucoup de gens. Connell, en revanche, n'a pas d'amis et a du mal à s'intégrer. Six mois après le début de leurs études, bien qu'ils aient tous deux eu des aventures avec d'autres personnes, Marianne pardonne à Connell de l'avoir évitée à l'école et les deux hommes reprennent leur relation sexuelle. Ils continuent à éviter de définir leurs relations, bien qu'il soit évident pour leurs amis qu'ils ont une relation amoureuse.

Un malentendu sépare Marianne et Connell pour la deuxième fois. Connell n'a pas les moyens de payer un loyer à Dublin pour les vacances d'été et en parle à Marianne dans l'espoir qu'elle le laisse rester chez elle (elle vit seule dans un appartement appartenant à un membre de sa famille). Marianne ne comprend pas ce qu'il veut dire et pense qu'il lui annonce qu'il rentre chez lui. Incapable d'orienter la conversation vers une solution qui leur permettrait de passer l'été ensemble, Connell suggère misérablement qu'ils voient d'autres personnes. Lui demander de rester avec elle sans payer de loyer revient à lui demander de l'argent, et l'argent est un sujet dont le couple n'a jamais discuté ouvertement.

Marianne ignore les messages de Connell au cours des mois suivants, mais le rencontre par hasard à Carricklea pendant l'été. Ils se réconcilient provisoirement et Connell assiste à la messe commémorative du père de Marianne pour la soutenir. Marianne voit maintenant quelqu'un d'un milieu aisé, Jamie, et Connell gère son ressentiment en imaginant que Marianne voulait rompre avec lui pour trouver un petit ami plus riche, même s'il sait que ce n'est pas vrai. Connell, ivre, rentre chez lui avec son ancien professeur d'économie, qui avait l'habitude de flirter avec lui, et est presque poussée à avoir des relations sexuelles, mais parvient à rentrer chez lui indemne.

Marianne et Connell se rencontrent pour un café à Dublin pendant leur deuxième année. Marianne raconte à Connell que Jamie aime la frapper pendant l'amour, mais qu'elle doit faire semblant de se soumettre à lui – elle n'a jamais eu à faire semblant de vouloir se soumettre à la volonté de Connell. Entre-temps, Connell a commencé à voir quelqu'un d'autre, une étudiante en médecine nommée Helen, et il est tombé amoureux d'elle. Marianne pleure quand Connell lui raconte cela. Connell admet finalement qu'il espérait rester dans l'appartement de Marianne l'été précédent, et ils réalisent qu'ils ont une fois de plus rompu sans raison valable.

L'EUROPE ET AU-DELÀ

Connell et Marianne réussissent tous deux les examens de la bourse, ce qui leur donne droit à un logement universitaire gratuit, à des frais de scolarité gratuits (jusqu'au niveau de la maîtrise) et à un repas gratuit tous les soirs à l'université. Grâce à sa nouvelle sécurité financière, Connell peut partir en voyage en Europe avec des amis. Il est profondément amoureux d'Helen, ou du moins de l'idée d'avoir une petite amie normale, mais continue à envoyer constamment des courriels à Marianne pour discuter de politique, de littérature et de leur passé. Helen et Marianne s'efforcent toutes deux de s'entendre pour le bien de Connell, mais Helen trouve Marianne égocentrique et dévergondée et Connell a du mal à défendre Marianne. Connell et ses amis retrouvent Marianne, Jamie et Peggy, l'amie de Marianne, à Trieste, où un dîner tourne à la dispute entre Marianne et son petit ami. Connell et Marianne partagent un lit cette nuit-là et s'embrassent, mais n'ont pas de rapports sexuels à cause d'Helen.

Marianne rompt avec Jamie et part en Suède pour sa troisième année dans le cadre d'un échange Erasmus. Connell et elle continuent à s'envoyer des courriels en permanence. Le petit ami suédois de Marianne, Lukas, la dégrade sexuellement, tout comme Jamie, et prend même des photos de son corps nu. Marianne finit par le quitter et retourne à Carricklea pour les funérailles de Rob, l'ami de Connell. Connell emmène Helen à l'enterrement mais s'attarde à embrasser Marianne dans l'église : Helen et Connell se séparent peu après. Après la mort de Rob (par suicide), Connell sombre dans une profonde dépression et se rend au service du conseil de l'université. Il s'implique davantage dans la société littéraire en l'absence de Marianne, et consent même à ce qu'une nouvelle soit publiée dans le magazine littéraire de l'université, bien que sous un pseudonyme.

L'été suivant le retour de Marianne de Norvège, Connell et Marianne se retrouvent à Carricklea, où Marianne passe tout son temps et Connell ses week-ends. Bien qu'ils n'aient pas repris leur relation sexuelle, ils passent la plupart de leur temps ensemble. Après une soirée, ils discutent de leur relation amoureuse et décident de réessayer. Leurs retrouvailles sexuelles se terminent maladroitement lorsque Marianne demande à Connell de la frapper, ce qu'il ne veut pas faire. Marianne rentre chez elle, où elle est tourmentée par son frère violent, Alan. Il tente de pénétrer dans sa chambre en défonçant la porte à coups de pied. Marianne est frappée au visage par la porte (elle se tenait de l'autre côté en essayant de la maintenir fermée) et saigne abondamment. Elle appelle Connell, qui la ramène chez lui, non sans avoir menacé de tuer Alan s'il faisait encore du mal à Marianne. Dans la voiture, Connell dit à Marianne qu'il l'aime.

Après l'agression de Marianne par Alan, elle cesse de voir sa famille. Elle passe le Noël suivant avec Connell et Lorraine et est ignorée par sa mère lorsqu'ils se croisent au supermarché. Après Noël, Connell est accepté dans un programme de maîtrise en écriture créative dans une université de New York. Marianne est surprise qu'il ne lui ait pas parlée de sa candidature, et un peu blessée qui l'ait dit à Sadie, avec qui il travaille au magazine littéraire. Connell hésite à accepter et dit à Marianne que si elle veut qu'il reste en Irlande, il le fera. Marianne se doute que Connell pourrait rester en Amérique après les masters, ou qu'il pourrait revenir changé et que leur relation ne serait plus viable. Néanmoins, elle l'encourage à partir et lui assure qu'elle sera toujours là pour lui.

ÉTUDE DE CARACTÈRE

MARIANNE

Marianne est une jeune femme intelligente qui s'exprime sans détour et sans se soucier des mœurs sociales. Elle est présentée au lecteur comme une marginale dans son lycée, où elle n'a pas d'amis et passe son temps libre à lire des romans et à éviter les remarques désobligeantes. Elle est attirée par le populaire Connell, bien qu'elle sache qu'elle ne doit pas l'approcher à l'école. Elle entame une relation secrète avec lui en dehors des heures de cours et, bien que Connell lui rende ses sentiments, il est incapable de s'engager dans une relation publique avec elle, car il craint de perdre sa réputation en étant associé à son comportement étrange.

> « Marianne s'est disputé avec son professeur d'histoire, M. Kerrigan, l'année dernière, parce qu'il l'a surprise en train de regarder par la fenêtre pendant le cours... cela lui a semblé si manifestement insensé à l'époque que... même ses mouvements oculaires relevaient du règlement de l'école. Vous n'apprenez pas si vous regardez par la fenêtre, a dit M. Kerrigan. Marianne, qui avait perdu son sang-froid, a répliqué : Ne te fais pas d'illusions, je n'ai rien à apprendre de toi. » (P. 13)

Le père de Marianne est mort quand elle était plus jeune, et elle a de mauvaises relations avec sa mère, Denise, et son frère, Alan. Alan la maltraite physiquement, tout comme son père. Denise n'a jamais réussi à défendre sa fille contre ces deux hommes, et lui dit qu'elle, Marianne, est froide et peu aimable. Marianne prend clairement cela à cœur et pense qu'elle est impopulaire à cause de sa personnalité froide. Elle cherche à être une soumise sexuelle dans ses relations avec les hommes, et trouve certains hommes, comme Jamie et Lukas, qui sont prêts à la dégrader. Sa relation avec Connell est différente, car elle veut vraiment se soumettre à lui et trouve qu'elle peut y parvenir sans qu'il la frappe.

Marianne connaît un regain de popularité à l'université grâce à son sens de la conversation et à sa réussite scolaire, mais elle tombe en disgrâce après que son ex-petit ami, Jamie, ait répandu des rumeurs à son sujet sur le campus. Peu de ses amis la soutiennent, et son amie Peggy la fuit activement. Elle se dit que sa personnalité non conventionnelle a toujours été un problème pour les hommes, qui ont essayé de la faire tomber à cause d'elle, à l'exception de Connell. Marianne, contrairement à Connell, est capable de faire face à son impopularité avec un détachement froid.

> *«... chacun doit faire semblant de ne pas remarquer que sa vie sociale est organisée de manière hiérarchique, avec certaines personnes en haut... et d'autres plus bas. Marianne se voit parfois tout en bas de l'échelle, mais à d'autres moments, elle se représente complètement hors de l'échelle, non affectée par sa mécanique, puisqu'elle ne désire pas réellement la popularité et ne fait rien pour qu'elle lui appartienne. » (P. 29)*

CONNELL

Connell est un élève populaire, doté d'un esprit académique vif et aimant la littérature. Il vit avec sa mère célibataire, Lorraine, et ne connaît pas l'identité de son père. Ses prouesses sportives, ses bonnes notes et sa popularité à l'école défient les faibles attentes auxquelles sont souvent confrontées les enfants de la classe ouvrière dont les parents sont seuls. Il est déterminé à réussir malgré son manque de moyens financiers, envisageant même d'étudier une matière qui ne l'intéresse pas (le droit) parce qu'elle pourrait déboucher sur une carrière lucrative. Connell considère que sa popularité et sa normalité font partie de son succès, et son désir de les conserver le conduit à la misère et à l'anxiété.

Connell est attiré par Marianne, bien que ses camarades s'accordent à dire qu'elle est bizarre et laide. Il se sent complètement à l'aise avec elle sur le plan sexuel parce qu'il lui fait confiance pour garder leur vie privée, bien qu'il souffre d'une grave anxiété sociale due à son attirance pour une fille qui est socialement considérée comme peu attirante. Il met périodiquement fin à sa relation avec elle pour de mauvaises raisons : une tentative malavisée de préserver sa réputation, un problème de communication entre eux et le désir d'avoir une petite amie « normale ». Malgré ces contretemps dans leurs relations, Marianne et Connell sont toujours attirés l'un vers l'autre et ne manquent jamais de s'occuper l'un de l'autre.

Connell a du mal à s'intégrer à l'université en raison de la différence de classe entre lui et ses camarades. Au fur et à mesure que sa carrière universitaire avance et qu'il trouve une stabilité financière grâce à sa bourse, il peut s'impliquer davantage dans la vie universitaire. Il s'implique notamment dans le magazine littéraire des étudiants, d'abord en tant que collaborateur (sous un pseudonyme), puis en tant que rédacteur en chef. Après le suicide de Rob, l'un de ses camarades de classe, il connaît un grave épisode dépressif qu'il combat à l'aide de médicaments. À la fin du roman, il est suffisamment confiant pour postuler à une maîtrise en écriture créative dans une université de New York, mais il propose à Marianne de passer avant tout en refusant cette offre et en restant avec elle dans leur nouvelle relation. Le roman se termine alors qu'elle l'encourage à saisir cette opportunité.

LORRAINE

Lorraine est la mère de Connell et travaille comme femme de ménage, d'abord chez Marianne. Lorraine est gentille, aimante et fière de son fils, mais pas au point de fermer les yeux sur son mauvais comportement. Lorsqu'elle apprend que Connell emmène Rachel chez les Debs à la place de Marianne, Lorraine lui dit sans détour qu'elle est dégoûtée par lui et réconforte Marianne. Néanmoins, après cet accès de colère, elle continue à soutenir son fils dans ses décisions et le rassure en lui disant qu'elle ne regrette pas de l'avoir eu, même si devenir une mère célibataire adolescente n'était peut-être pas la meilleure chose à faire pour elle. Lorraine est peut-être le meilleur exemple dans le roman de l'idée que les personnes qui bénéficient d'un meilleur niveau de vie ne sont pas nécessairement de meilleures personnes.

ALAN

Alan est le frère aîné de Marianne, qui la maltraite physiquement et psychologiquement. Avec l'aide de leur mère, Denise, Alan détruit l'image que Marianne a d'elle-même en lui répétant sans cesse qu'elle n'est ni aimable ni digne. Il sape sa confiance en elle a chaque occasion et est enragé par ses tentatives calmes et détachées de se débarrasser de lui. Cela conduit souvent à la violence, et culmine lorsqu'Alan blesse (et peut-être casse) le nez de Marianne en lui claquant une porte au visage pour tenter d'entrer dans sa chambre. Alan se définit par sa lâcheté : il appelle sa mère lorsque Connell le menace après l'incident de la porte, et pleure lorsque Connell l'avertit de ne plus jamais faire de mal à Marianne.

HELEN

Helen est une étudiante en médecine qui sort avec Connell alors qu'il est en plein milieu de ses études. Elle est gentille, aimante et, surtout, une personne normale, aux yeux de Connell. Il se considère comme profondément amoureux d'elle, mais continue à communiquer avec Marianne par e-mail tout au long de sa relation avec Helen. Il est déconcerté par certaines des opinions démodées d'Helen (elle pense que Marianne est une «salope» [p. 168], par exemple) et est mal à l'aise avec son aversion générale pour Marianne. Malgré le bonheur de la normalité que Connell éprouve lorsqu'il est avec Helen, leur relation bat de l'aile à la suite du suicide de Rob et des débuts de la dépression de Connell.

ANALYSE

CLASSE

La classe sociale est un thème omniprésent dans le roman, qui comprend des personnages de différents milieux et de différentes positions financières. Marianne est née dans une famille aisée et vit dans une grande maison, tandis que Connell est né d'une mère célibataire adolescente qui travaille comme femme de ménage. Si cette disparité n'altère en rien les sentiments que les deux personnages éprouvent l'un pour l'autre, l'argent devient une question délicate à gérer dans leur relation. Les deux hommes évitent souvent de parler de leurs classes sociales respectives. Marianne est consciente de sa richesse et, lorsqu'elle parle de classe sociale et d'argent avec Connell, elle adopte un ton plus sensible, évitant son franc-parler habituel, afin de ne pas le mettre mal à l'aise.

> *« Je suppose que nous venons de milieux très différents, en matière de classe sociale. [Je n'y pense pas beaucoup, dit Connell. Elle a rapidement ajouté : « désolée, c'est une chose ignorante à dire. Je devrais peut-être y réfléchir davantage. »* (P. 173)

Connell justifie sa décision de mettre fin à la relation à deux reprises en se convainquant que sa relation avec Marianne ne peut pas surmonter le fossé des classes, même s'il sait qu'elle n'est pas matérialiste. Lorraine lui mentionne au cours d'une conversation que Denise, la mère de Marianne, pourrait ne pas aimer Connell comme petit ami potentiel pour sa fille en raison de la différence de classe entre les deux. Connell s'appuie sur cet argument pour expliquer que leur relation est vouée à l'échec, car il ne peut se résoudre à avoir une relation publique avec Marianne et à risquer sa réputation, ni à y mettre fin en raison de son manque de popularité. Lorsque Connell regrette d'avoir rompu avec Marianne à l'université parce qu'il se sentait mal à l'aise de lui demander s'il pouvait rester chez elle pendant l'été, il se convainc qu'elle espérait se débarrasser de lui pour trouver un petit ami plus riche.

Bien que Jamie, le petit ami de Marianne, soit beaucoup plus riche que Connell, il s'avère cruel, insensible et rancunier, répandant des ragots malveillants sur Marianne après leur rupture. Marianne a une relation interclasse beaucoup plus réussie avec Connell qu'avec n'importe lequel de ses pairs plus riches. Le roman encourage fortement l'intégration sociale, ainsi que l'idée que l'argent n'achète pas le bonheur et n'est pas garant d'une bonne personnalité. La caractérisation de Lorraine et de Denise, la mère de Marianne, est peut-être le contraste le plus frappant entre les classes sociales dans le roman. Lorraine a bon cœur, à tel point qu'elle s'inquiète pour Marianne comme pour son propre enfant. En revanche, Denise, issue de la classe moyenne, est froide et cruelle avec sa fille, dont elle détruit l'estime de soi à la moindre occasion. Marianne est également rejetée par ses amis de la classe moyenne à l'université (à l'exception de Joanna) après sa rupture avec Jamie. Le message dominant du roman est qu'une classe sociale élevée n'est pas un indicateur de bonne moralité.

On pourrait même dire que Rooney présente délibérément les personnages de la classe moyenne sous un jour négatif. Marianne est l'exception à la règle dans un roman qui dépeint la plupart des personnages plus riches comme superficiels (comme Peggy, l'amie de Marianne) ou même carrément abusifs (par exemple, Alan).

NORMALITÉ

Marianne et Connell sont tous deux préoccupés par le fait d'être – ou même simplement d'être perçus comme – normaux. Ils aspirent tous deux à une vie sans complications, même si les idées des autres sur la normalité ne leur conviennent pas. Cela est peut-être plus évident dans la relation de Connell avec Helen, qu'il considère comme le summum des relations normales. Son amour pour elle est troublé par le fait qu'il est heureux d'avoir atteint un certain degré de normalité, et il ignore ses doutes à son sujet parce qu'il répugne à abandonner sa relation conventionnelle. Il se surprend à écourter ses conversations avec elle parce qu'il veut savourer l'après-coup plutôt que de lui parler, il est rebuté par ses opinions quelque peu conservatrices et, surtout, il ne peut s'empêcher d'écrire de longs courriels à Marianne alors qu'il est en couple avec Helen. Cette relation est mauvaise pour Connell, mais il se convainc qu'elle est bonne parce que l'illusion de normalité lui semble bonne. Le terme « acceptable » qu'il utilise dans la citation ci-dessous indique qu'il se considérait comme une personne inacceptable lorsqu'il était avec Marianne, ce qui montre à quel point son obsession de l'image publique est profonde.

L'attitude de Marianne vis-à-vis de la normalité est différente de celle de Connell, mais elle n'en est pas moins
profonde. Après s'être fait répéter par sa mère et son
frère pendant son enfance (et très probablement aussi
par son père – il est sous-entendu qu'il était aussi violent)
qu'elle était anormale, Marianne a traité et apparemment
accepté ce fait. Elle est franche au lycée, même si cela
détruit sa popularité. Elle conserve son originalité dans sa
relation avec Connell, mais ne lui dit pas que sa famille est
violente. Elle lui avouera plus tard qu'elle pensait qu'il ne
voudrait pas d'elle si elle était endommagée. À la fin du
roman, Marianne a l'impression qu'après être passée de la
haine au lycée au sommet de la popularité à l'université,
elle a finalement atteint l'équilibre. Connell semble avoir
atteint un niveau similaire de contentement dans sa
relation avec Marianne. Le roman semble conclure que
leur acceptation d'eux-mêmes et de l'autre leur a apporté
la normalité tant désirée, même si certaines choses,
comme l'éducation abusive de Marianne et la dépression
de Connell, sont toujours en dehors de la norme. Ils n'en
sont pas moins des personnes normales : « Marianne n'est
plus ni admirée ni honnie. Les gens l'ont oubliée. C'est une
personne normale maintenant. » (p 254)

STRUCTURE ET PERSPECTIVE

Normal people n'adhère pas à une chronologie stricte. Les titres des chapitres suivent tous un modèle chronologique et sont intitulés « Sept mois plus tard », « Six semaines plus tard », etc. Le mois et l'année sont indiqués sous les titres des chapitres afin que le lecteur puisse facilement dater les événements. La majeure partie du roman est écrite au présent et détaille les événements qui se produisent dans la période éponyme de chaque chapitre. Certaines sections, cependant, sont écrites au passé et détaillent des événements qui se sont produits dans les périodes entre les chapitres. Ces segments pourraient être décrits comme des flashbacks, et servent à clarifier des événements antérieurs et à révéler les motivations des personnages. Un exemple de cette clarification rétrospective des événements est la deuxième rupture de Marianne et Connell, après les mois passés ensemble à l'université. C'est dans la scène du supermarché, où Marianne croise Connell et Lorraine, que le lecteur apprend pour la première fois que le couple a cessé de se fréquenter. Cette scène est racontée du point de vue de Marianne (mais toujours à la troisième personne) : « Il a dit qu'il voulait voir d'autres personnes et elle a répondu : D'accord » (p. 110).

C'est un choc car, dans le chapitre précédent, Marianne et Connell s'entendaient bien. Ce n'est que dans le chapitre suivant, dont une grande partie est racontée du point de vue de Connell, que nous voyons la scène de rupture se dérouler en flash-back. Il devient évident que Connell ne voulait pas rompre avec Marianne, qu'elle a mal interprété ses paroles concernant le déménagement à la maison pour l'été et qu'il n'a pas réussi à la corriger en raison d'une angoisse paralysante liée à l'argent. Ce malentendu se reflète dans un autre malentendu, plus petit, vers la fin du roman. Marianne demande à Connell s'il était en colère contre elle la nuit précédente parce qu'il est sorti pendant qu'ils dansaient, ce à quoi Connell répond qu'il lui a demandé si elle voulait aller fumer une cigarette et qu'il est parti de son propre chef lorsqu'elle a indiqué qu'elle ne voulait pas. L'écho à petite échelle de leur précédente erreur de communication qui a mis fin à leur relation souligne les mérites d'une conversation honnête et franche (ce que Marianne est manifestement capable de faire). Ils résolvent le second malentendu, certes moins important, car Marianne clarifie l'incident avec Connell. Cela suggère qu'une discussion tout aussi franche aurait pu sauver leur relation plus tôt dans le roman. Ils ont tous deux grandis en tant que personnes, et sont maintenant capables de communiquer plus librement dans leurs relations.

QUELQUES QUESTIONS À MÉDITER...

- À votre avis, Connell et Marianne sont-ils des gens normaux ? Pourquoi/pourquoi pas ?
- Discutez de l'évolution des personnages de Connell et Marianne au fil du Roman.
- Pourquoi pensez-vous que Marianne sort avec des hommes, comme Jamie et Lukas, qui la blessent et la font se sentir inutile ?
- Discutez de la place de *Gens normaux* dans le canon littéraire irlandais. Qu'est-ce qui en fait un roman spécifiquement irlandais ?
- *Normal people* sont-ils un roman de gauche ? Pourquoi/pourquoi pas ?
- Discutez de la présentation de la santé mentale dans le roman.
- Discutez de la présentation du statut social et de la popularité dans le roman.
- Sally Rooney a étudié l'anglais au Trinity College, où elle a été élue boursière et a participé à l'équipe de débat. Étant donné que l'on peut dire la même chose de Connell ou de Marianne (ou des deux), peut-on qualifier *Normal people* d'autofiction ?

AUTRES LECTURES

EDITION DE RÉFÉRENCE

- Rooney, S. (2018) *Normal People*. Londres: Faber & Faber.

lePetitLittéraire.fr

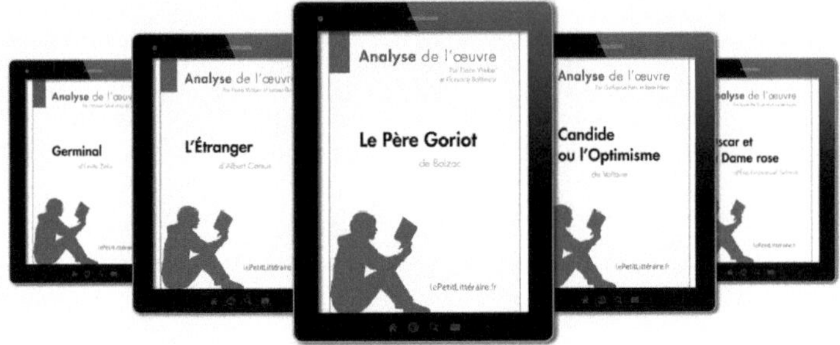

- des analyses de livres
- des fiches de lectures
- des commentaires littéraires
- des questionnaires de lecture
- des résumés

Retrouvez
notre offre complète sur
lePetitLittéraire.fr

www.lepetitlitteraire.fr

ISBN version numérique : 9782808684309
ISBN version papier : 9782808685108
Dépôt légal : D/2023/12603/1010

Conception numérique : Primento,
le partenaire numérique des éditeurs.